"献给罗伯托，他对跑步运动的热情深深感染了我，但是，我并没有开始跑步。目前是这样，不过谁知道以后呢？也许有一天会去跑。"

——D.C.

图书在版编目（CIP）数据

奔跑！/（意）大卫德·卡利著；（意）毛里奇奥·A.C.夸雷洛绘；谢逢蓓译 . -- 北京：新星出版社，2022.5（2024.5 重印）

ISBN 978-7-5133-4875-1

Ⅰ . ①奔… Ⅱ . ①大… ②毛… ③谢… Ⅲ . ①儿童故事 - 图画故事 - 意大利 - 现代 Ⅳ . ① I546.85

中国版本图书馆 CIP 数据核字（2022）第 047574 号

奔跑！

[意] 大卫德·卡利 / 著
[意] 毛里奇奥·A.C. 夸雷洛 / 绘
谢逢蓓 / 译

责任编辑： 李文彧
选题策划： 黄燕京
责任印刷： 李珊珊
装帧设计： 欧阳诗汝

出版发行： 新星出版社
出版人： 马汝军
社　　址： 北京市西城区车公庄大街丙 3 号楼　100044
网　　址： www.newstarpress.com
电　　话： 010-88310888
传　　真： 010-65270449
法律顾问： 北京市岳成律师事务所

印　　刷： 佛山市高明领航彩色印刷有限公司
开　　本： 889mm×1194mm　1/16
印　　张： 3
字　　数： 5 千字
版　　次： 2022 年 5 月第一版　2024 年 5 月第五次印刷
书　　号： ISBN 978-7-5133-4875-1
定　　价： 59.00 元

Cours!

Text copyright © Davide Cali
Illustrations copyright © Maurizio Quarello
© 2016 Editions Sarbacane, Paris
Chinese (Simplified Characters) Translation rights arranged through La Petite Agence, Paris and Wu Juan of Wubenshu Children's Books Agency.
Simplified Chinese translation copyright © 2022 by Love Reading Information Consultancy (Shenzhen) Co., Ltd.
ALL RIGHTS RESERVED.

著作版权合同登记号： 01-2022-1792

本书简体中文版权经 Editions Sarbacane 授予心喜阅信息咨询（深圳）有限公司，由新星出版社独家出版发行。
版权专有，侵权必究。

策划 / 心喜阅信息咨询（深圳）有限公司　　**咨询热线** / 0755-82705599　　**销售热线** / 027-87396822　　http://www.lovereadingbooks.com

［意］大卫德·卡利/著

［意］毛里奇奥·A.C.夸雷洛/绘

谢逢蓓/译

奔跑！

新 星 出 版 社 NEW STAR PRESS

谁能想到我能有今天？ 小时候，我天天都在打架。有时候，我被人打，但更多时候，是我打别人。

那时，这个世界所有的人和事都让我愤怒！我恨整个世界！

我恨我的父母是个穷人。我家住在脏兮兮、臭烘烘的穷人区，周围都是和我们一样的穷人。那些漂亮的街区，和我们没有关系，因为穷人没有一个是漂亮的。

我恨我爸爸抛下了我们，恨我妈妈就这么让他走了。我恨迪洪纳，我的哥哥，他跑去那么远的地方打工。我也恨瑞奇，我的弟弟，他还是个什么都不知道的孩子。

特别是，他还不知道，这个世界非常坏。

我恨学校和老师。我也恨那些同学。

我妈妈非要把我送到白人学校里。"雷耶，在黑人学校你什么也学不到。"
她是这么说的。只是，在黑人学校里，没有人会觉得我奇怪。

我恨所有人。

可是在白人学校，大家总盯着我。我是操场上唯一一个黑人。嘲笑声包围着我，有时，还有孩子用手指去摸我的脸，看看脸上的颜色是否可以擦掉，**就好像我很脏**。

到了中学，学校有了一些黑人孩子。可是，对我来说，变化不大。我们总是为一个"行"或者"不行"大打出手，管他是谁呢。我发现这并不是肤色的问题。因为，总是有人要来烦你。要么打回去，要么低下头，就好像一只绵羊。

但是我，从来不是什么绵羊。

人们都叫我"碰不得的雷耶"。所有人都知道我是一个"坏胚子"，没有人愿意跟我打交道。人们像躲瘟疫一样躲着我。我真想一走了之，彻底消失，去一个谁也不认识我的地方。可这又能怎样呢……

我经常被叫去校长办公室，
校长叫派克先生。

他从来都不关心事情的经过是怎样的、是谁先动手的，他会惩罚所有人。
这个人是我最大的敌人。不过派克被调走的那天，我发誓我会
更讨厌那个新来的。这个人叫，夏普曼。

他来学校的那个早上，我刚刚打完一架。

"是谁先动的手？"他问道。

新来的果然不一样——他竟会问我们问题。

"是谁？"

"——是他！"我们异口同声地回答。

在他的桌子上，放着几份文件。

"嗯……据我所知，这可不是第一次，年轻人。"新校长看着我说。

他很快就明白了怎么回事，叫另一个孩子先出去。

现在就剩下我一个人了，他问了我一个奇怪的问题。

"看你同学的样子，你的拳头挺厉害啊。你没想过去打拳击吗？"

我没说话。突然，他站了起来，走到我前面，举着两只拳头。

"来呀！让我看看。"

开什么玩笑？他让我揍他？

这明显就是一个超级大陷阱。我猜，只要我一碰到他，他就会把我赶出学校。这会儿，他像个疯子一样，在我面前跳来跳去，想激怒我，让我出手。我抬起头，发现墙上挂着很多照片。**乔·路易斯、索尼·利斯顿、乔·弗雷泽、乔治·福尔曼**——那些拳击运动里的冠军们，还有人类历史上最伟大的拳王，**穆罕默德·阿里**。

我知道他们，他们的每一场比赛我都看过。

他们是唯一不像我们这么穷的黑人。

我崇拜他们，但是我从来没想过要去当拳击手。

"一个拳击

"小心！" 新校长喊道。

运动员，可不能分心！"

他的拳头一下子从我的右耳朵两厘米处擦过。事实上，他刚刚对准的是我的鼻子。而我反应过来了，凭着直觉闪了过去。

"做得好！" 他称赞了我。

很快，他连出好几拳，我都躲了过去。

"不错，你知道躲闪，那么你也会出击吗？"

这回，我可忍不住了，给他点厉害瞧瞧。

我连着出了三拳，速度快得像我见过的专业拳击手一样。

新校长居然全都迅速地躲了过去。

"就这点本事？" 他对我说。

我正准备来个直拳。就在这个时候，有人敲了门。

当我的对手转过头去说了声："谁呀？"，我的拳头正好打中了他的下巴。

学校秘书站在门前面，看呆了：我，满头大汗，紧握着两只拳头。而校长倒在了地上。

好了，我自言自语道："这下不是被学校除名，而是要坐牢了。"

但是，那个男人摇摇晃晃地站起来，

突然放声大笑。

"没事，没事，麦肯锡夫人。我刚刚被地毯给绊倒了！"
在让我回到教室之前，校长一边揉着他的下巴，一边对我说："你看到没？绝对不要分心。
好了，明天下午 4 点，体育场见！"

第二天，我按照约定去了体育场。我还搞不清楚校长到底想怎样，但是，他没有惩罚我，我觉得这很奇怪。

"对拳击手来说，什么最重要？"他问我。

"出拳？"

"对，还有呢？"

"躲避对手的出击？"

"是的，还有吗？"

"我不知道，还有多出拳、少挨揍？"

"没错，还有什么？"

我不知道还能说什么。

"气息，我的孩子。

"没错，是气息！你的右手很有劲儿，但你的对手也是。你躲闪得很快，那么对手呢？他也可以。你们不一样的地方，是气息。一场拳击赛，比的是耐力，而不是蛮力。你需要不停移动、出击、顶得住别人的拳头，这些都得靠气息来调节，而不是靠拳头来分胜负。

"你知道怎样才能有足够的气吗？"

"不知道。"

"跑步，就是现在，**开始跑！**"

"我就知道，"我在跑道上迈开步子，对着自己说，

"看吧，这就是惩罚。"

校长可能有点小聪明，不过除此之外，他和其他人都一样。

第一天，我不记得绕着体育场跑了多少圈。最后，我感觉自己快累死了。

校长站在原地看着我，动都没动，不过他看上去很满意。

"明天，同样的时间，同样的地点。"他对我说。

"我要跑到什么时候才算完？"

"什么意思？这儿没人逼你。"

"那我也可以不来？"

"对，你自己决定。"

我想了一个晚上。如果没人逼我一定要去，我干嘛要受罪？我又不傻！

但是，第二天，我又去了，

还早到了一刻钟。

这一回，校长和我一起跑。

"跑步可以释放掉你身体内过多的精力，这样就可以避免你总是和别人打架。你精力旺盛，用也用不完，所以你得多跑步。"

我可不同意。

"我打架是因为其他人惹了我，可不是你说的精力没处用。"

"也许是吧，不过在你这个年纪，人们总是忍不住要找这个人或那个人的麻烦，因为他们不知道该怎么释放精力。如果每个人都坚持练习跑步，我敢说，这个世界上就不会有战争了！"

"那拳击呢？ 我什么时候才能练习？"

"现在还早，要是控制不了气息，练了也没用。"

"你以前当过拳击手吗？"

"哈哈！是的，有这么一段时间，那是另外一种生活。不过现在，我们说的是你。跑跑看吧，所有的问题都会随着汗水离开你。接下来，我们要练习气息。对于拳击手、橄榄球运动员、足球运动员，甚至随便什么运动，这都是核心！"

以前，我并不知道，不带球、不传球的跑步，也是一种运动。

几个星期后，校长给了我一张跑步比赛的报名表。

"这怎么比？"我问道。

"所有参赛者一起跑，谁第一个到谁赢。"

"那么傻。"

"是，可能是有点傻，不过第一名会得奖。"

"给钱吗？"

"怎样，这样看起来也不算太傻，对吧？"

我还没决定要不要去参加，夏普曼先生就给了我一个包裹，

里面是一双跑步鞋。

"这是我儿子的，他也参加过比赛。这双他从没穿过。"

第二个星期，

我赢得了

人生第一场

跑步比赛。

说是第一场，是因为在那之后，我还赢得了很多场跑步比赛。我也不知道为什么，总是能排在第一位。直到有一天，校长拿着一张表格来找我，上面写着奇怪的名字：**马拉松**。

"这是什么意思？"

"这来自于希腊传说，公元前490年，马拉松发生了一场战役，雅典人派信使菲迪皮德斯从马拉松跑去雅典，宣布战胜了波斯人的消息，那段路全长42.195公里，到了今天，它成了一项运动。"

"他们不能骑马去吗？"

"哦，这我们就不知道了，也许他们没找到马，或者他还不知道怎么骑马。"

跑步，对我来说已经够傻的了。居然还有人愿意流着汗不停地跑42公里，这些人太愚蠢了吧。

"还真有人参加？"

我心想。

可是，我后来居然整整训练了三个月，到了比赛那天，我和上千名马拉松选手们站在一起，胸口贴着一个号码，准备再次赢得比赛。我可是冲着最大的奖去的，我要成为最厉害的马拉松运动员，就像伟大的拳击冠军一样。

那场比赛真是糟透了。

我像一颗炮弹一样冲在最前面，不到10分钟，就把所有人甩在了后面。我简直不敢相信，这比赛那么简单。我就快要赢了！

可是，跑过几公里后，我开始慢了下来。那些一开始被我轻松甩在身后的选手们，一个接一个地超过了我。校长是对的。关键不在于怎么出击，而是坚持到比赛最后。

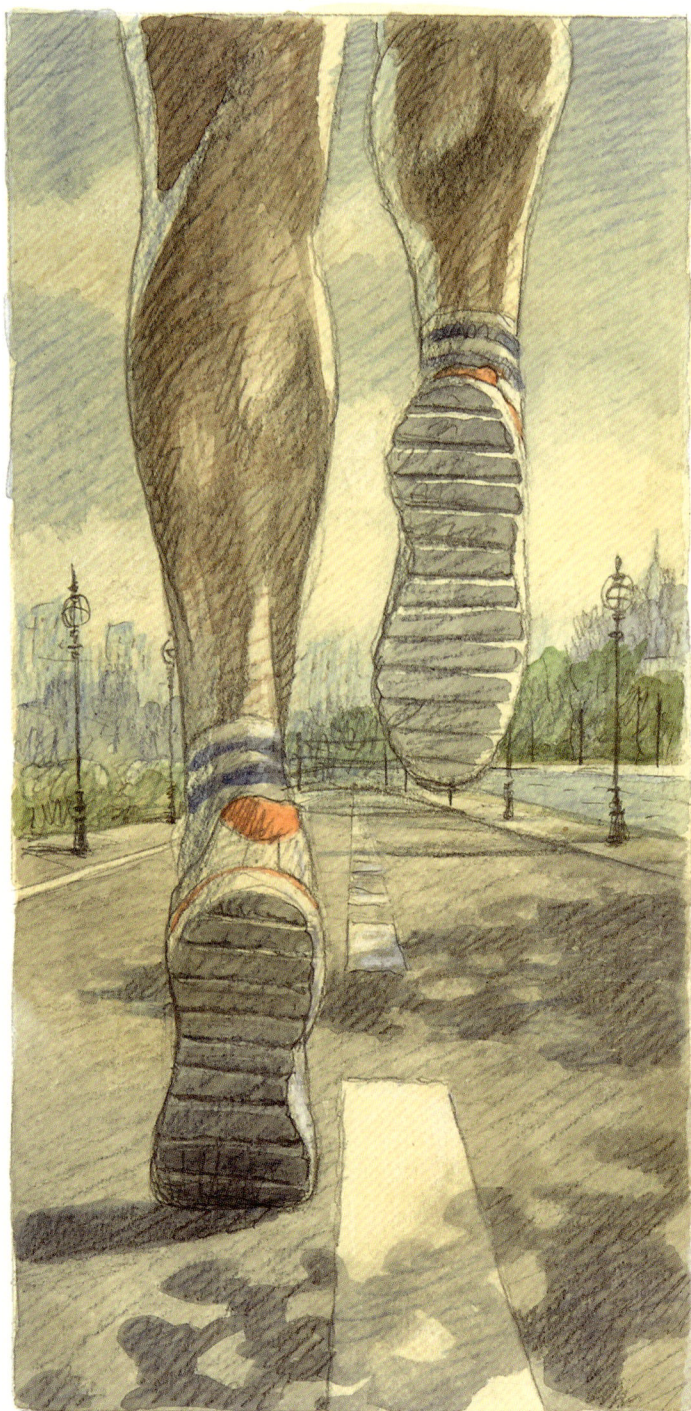

跑到二十多公里的时候，我恢复了力气，重新追赶那些超过我的选手们。

我终于找到了自己的步调。我再次相信，自己能赢得比赛！可是，我完全不知道，后面等待着我的会是什么。到了第三十公里，我头晕目眩，感到一阵恶心。我再也跑不下去了，我简直想死，我的腿失去了知觉，我不知道自己在做什么。我的脑子告诉我要继续跑，可是我的身体对我说：

"停下！"

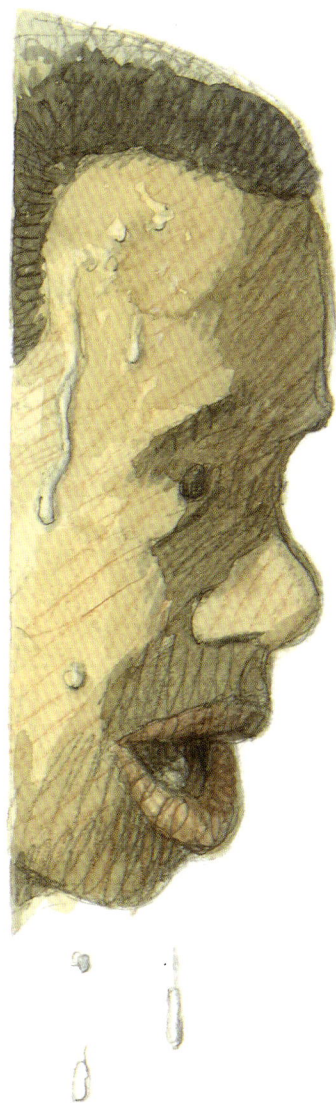

一位留着胡子的比较年长的选手跑到我的身边。

"第一次？"

"对。"

"看出来了。我看到你出发时像个火箭！现在，你感觉快要死了，是不是？"

他说对了。

"这就是三十公里的感觉。可怕的三十公里，就像撞到了一堵墙*，这迟早会发生，没有人能避免。"

"为什么？"

"因为当你跑到三十公里的时候，你血液里的盐分和糖分会迅速降低，你的身体脱水了，完全枯竭，所有能量都用完了。"

"那怎么能跑完剩下的十公里？"

他在我手里塞了几个无花果干。

"吃吧。身体的潜能是巨大的，它会让你大吃一惊。不仅身体，还有头脑，所有的能量都在这里面。只要你想要的话，小伙子，你就一定能获得这些能量。"

我不知道接下来会不会有奇迹发生。但是，我继续跑了下去，一步接着一步，跑了差不多半个小时，也许更久。

突然，在坡道的高处，我看到了终点线。

终于结束了。当然，我不是第一名，但是我坚持到了最后！

我和长胡子选手一起跑到终点。校长一直等着我，从他看我的眼神中，我意识到，他早就知道我不可能赢得比赛。毫无疑问，他是想给我上一课，大概是想说："这就是生活，有时候无所谓输赢，坚持就是胜利。"

是的，我懂了。

* 马拉松运动中，这种状态被称为"撞墙"。

很多年过去了，
我忙着跑步，忙着赢得奖牌。

有时候，还有奖金。

400 米短跑成了我的特色项目。但是，我没有成为拳击手，我永远也成不了像**弗雷泽**或者**阿里**那样的拳击冠军。真可惜，我的名字：**西奥多·雷耶·列维斯**，多像一个拳击手的名字啊。或者我可以叫：**西奥·雷耶·列维斯**，或者**雷耶·T·列维斯**。

拥有拳击天赋的人，居然是在学校里和我打架的那个学生，他叫**雷内·瓦伦提诺**。我们后来成了好朋友。有时候，我们会约在拳击场碰面，我是他的陪练伙伴。中学毕业后，他成了专业拳击手。

而我，越来越少和人打架了。我不知道是不是因为别人不再来烦我，还是我已经不再是原来的那个我了。

家里的情况也变得越来越好了。我还是责怪爸爸，因为他离开了我们，但是不再对妈妈生气了，她无法改变这个事实。在学校，我惊讶地发现，从我开始跑步以来，我变得更加专心了。

我的校长，夏普曼先生，一直盯着我，让我好好学习：

"大多数人不可能长期从事体育运动，你得好好学习如何使用比赛中赢得的钱，以防万一。可别让那些会计给骗了。"

就这样，我开始学习数学，为了"以防万一"。

我从来没想过我的生活会变成这样……

有时候，我感觉自己被骗了。

不过，骗我的不是那些会计，而是校长！他居然关心我——这个学习差还爱打架的学生，给我讲那些拳击手的故事，说服我走到跑道上并开始跑步。现在，他又把我摁在数学书里。

可是我很快乐。**我的愤怒消失了**。我那些多余的精力，也许像夏普曼先生说的那样，已经全都释放掉了。

靠着我存下来的一笔钱，还有奖学金，我上了大学。离开家之前，我参加了最后一场跑步比赛，我妈妈带着弟弟瑞奇来看我。在人群中，我好像还看见了我爸爸，但我不太确定。

这也许是我的幻觉，是我凭空想象出来的。

一进大学，橄榄球教练马上就招我入队。可是，这并没有持续多久，因为我不够强壮！在一次和对手激烈的对抗中，我摔碎了膝盖骨。

在医院里，我知道自己再也不可能

命运有时就是这么神奇，就好像这场突然降临的意外，给我的跑步生涯画了
休止符，却让我在那家医院，遇到了我生命中的"她"——一位实习护士，
像人们说的那样，我们是一见钟情。

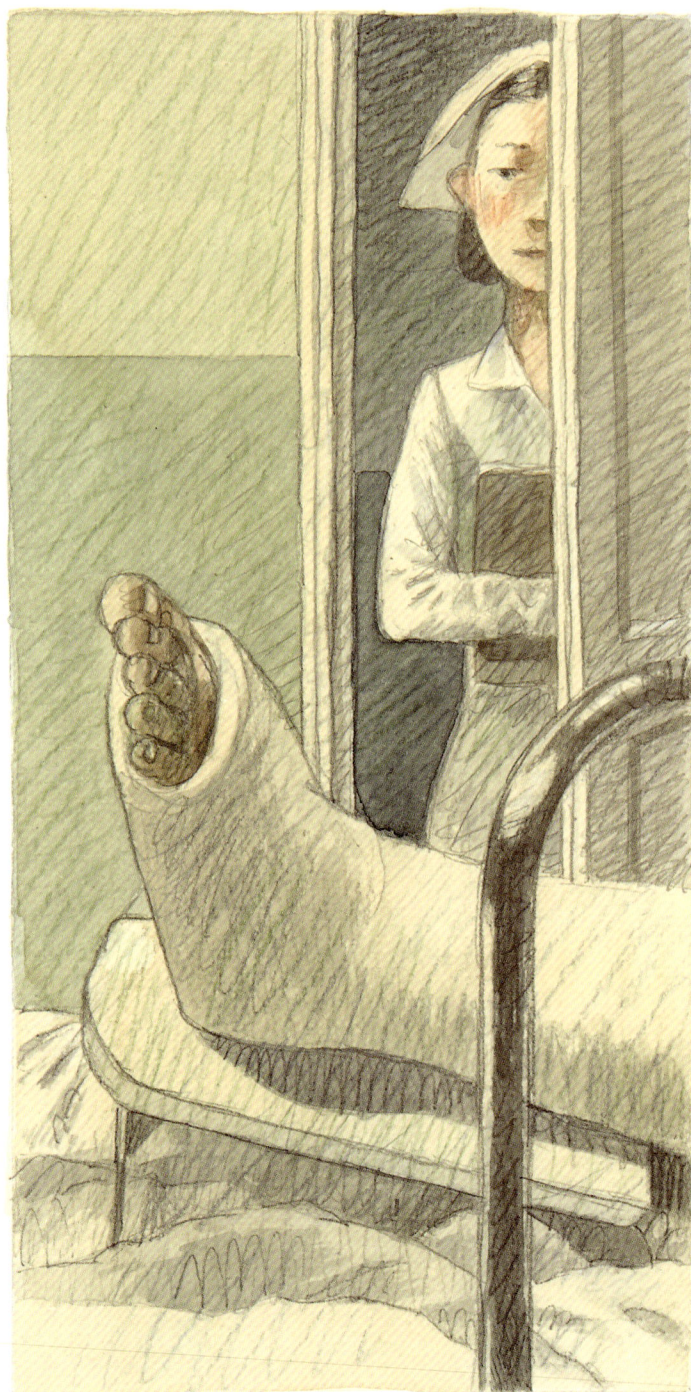

参加跑步比赛了。

毕业后，我这个曾经最讨厌学校的人，发现自己居然舍不得离开。我甚至希望能一辈子都留在学校里。只有一个办法——当个老师。我，当老师？！简直是异想天开，这想法也太傻了。**可是，我居然做到了。**

就是这样。教了一段时间的课之后，我成了校长。有时候，我想念那些学生们。有时候，我一个人在办公室里感到很孤独，面对成堆的办公文件，一点意思都没有。

还好，还能遇到你这样的小伙子。我感觉又回到了和你一样大的年纪：和你一样想打一架，想打碎这个世界。

显然，我应该惩罚你。但是，从一个已经离开我们的了不起的人身上，我学到了：你的问题，只不过是因为有太多的精力无处释放。我们需要学会如何释放它。我的老校长去世那天，我哭了。如果，没有遇到他，我的人生会怎样？……我敢说，我今天还在监狱里。

我不知道我离开这个世界的时候，你会不会哭：不管怎样，这还早着呢。好了，明天下午 4 点体育场见？别忘了带上你的跑鞋。

让我们看看，你的气足不足。